LES ROIS SPECTACLES, OU POLIXENE,

Tragédie en un Acte,

L'AVARE AMOUREUX,

Comédie en un Acte.

PAN ET DORIS,

Pastorale Héroïque, en un Acte.

AVEC UN PROLOGUE.

Le prix est de Vingt-quatre sols.

A PARIS,
Chez TABARIE, sur le Quay de Conty,

M. DCC. XXIX.

Avec Approbation & Privilege du Roi.

PROLOGUE
DES
TROIS SPECTACLES.

Acteurs du Prologue.

LE CHEVALIER.

LE COMMANDEUR.

LE VICOMTE.

JULIE.

LA MARQUISE.

HORTENSE.

CELIMENE.

La Scene est à la Maison de Campagne

de

PROLOGUE.

SCENE PREMIERE.

JULIE, LA MARQUISE, LE CHEVALIER, LE COMMANDEUR, LE VICOMTE,

JULIE.

LES Comédies que nous répréſentons entre nous pour nous amuſer, excitent la curioſité de nos Voiſins. Il nous arrive ce ſoir de la Compagnie, & il ſeroit tems de choiſir entre les trois Piéces que nous avons déja joüées, celle qui vous paroît la plus propre à réjoüir aujourd'hui l'Aſſemblée.

LE CHEVALIER

Eh, Madame, y a-t-il à déliberer? On eſt à la Campagne. On veut s'amuſer; on veut rire; la choſe eſt toute ſimple, toute naturelle, toute décidée. C'eſt du Comique qu'il nous faut.

LA MARQUISE.

Eh, pourquoi ne joürions-nous pas du Tragique?

LE CHEVALIER.

Pourquoi, Madame? c'eſt parce qu'il ennuye, & qu'il déplaît. Pour moi je n'y tiens pas, & la Tragédie en un Acte qui fut representée ici ces jours passés, me parut trop longue de moitié.

LA MARQUISE.

Le sérieux vous ennuye, Chevalier ; aussi n'est-il pas fait pour vous. Mais tout le monde ne pense pas de même ; & quant à moi, je ....

LE CHEVALIER.

Prenez garde, Madame, à ce que vous allez dire. Se déclarer pour la Tragédie, c'est confesser qu'on a le cœur tendre ; & vous faites gloire d'être insensible.

LA MARQUISE.

Il en sera tout ce que vous voudrez ; mais j'aime la Tragédie d'inclination, & je la trouve admirable.

LE COMMANDEUR.

Elle l'est quelque fois, Madame ; mais de grace peut-on donner ce nom à une Piéce en un Acte ?

LA MARQUISE.

Oüi, Monsieur, & je soûtiens qu'il ne lui manque rien de tout ce qui est essentiel à la Tragédie.

LE COMMANDEUR.

Il ne lui manque que d'être une Tragédie.

LE CHEVALIER.

Le Commandeur a raison. Qui dit une Tragédie, dit une Piéce en cinq Actes : Au reste, Madame, je vous avertis que le Commandeur est sçavant, & qu'il est dangereux de se commettre avec lui.

LA MARQUISE.

Tant mieux. Le triomphe en sera plus beau, & je me sens assez forte pour vous battre tous deux.

LE CHEVALIER.

Commandeur, je compte sur toi.

LE COMMANDEUR.

Si Madame me permet de dire mon sentiment, je lui ferai voir que la Tragédie dont il s'agit, est un petit monstre qu'on doit étouffer dans sa naissance, une nouveauté dangereuse & indigne d'un Théâtre sérieux.

LE CHEVALIER.

Fort bien.

LA MARQUISE.

Et moi je dis, que c'est une nouveauté digne d'être imitée, & qui feroit peut-être fortune à la Comédie Françoise.

LE CHEVALIER.

On en seroit quitte pour un quart d'heure d'ennui.

LE COMMANDEUR.

De bonne foi, Madame, n'est ce pas une chose qui révolte, de voir un Poëte de quatre jours s'écarter de la route ordinaire, renverser tout ce qu'il y a de plus sacré dans la Poëtique, & s'annoncer dans le monde par une Tragédie en un Acte?

LA MARQUISE.

Non, Monsieur, & je crois au contraire qu'on doit lui en tenir compte: c'est un Auteur timide, qui se défie de ses forces, qui craint de nous ennuyer, & n'a pas encore la hardiesse de nous demander une audience de deux heures.

LE CHEVALIER.

Un Auteur timide ! un Auteur modeste ! il ne lui manque plus que d'être né Gascon, pour rendre la chose plus vrai-semblable.

LA MARQUISE.

Tout nous engage à juger favorablement de cet Auteur. Outre qu'il est de nos amis, on sçait qu'il n'a travaillé que pour notre Théâtre en particulier & à notre priere.

LE COMMANDEUR.

Eh Madame, ne voyez-vous pas qu'il ne faut qu'un coup du sort pour porter cette Piéce au Théâtre François, & que nous voilà responsables de tous les inconvéniens qui en arriveront.

LA MARQUISE.

Eh ! quel inconvénient y a-t-il donc tant à craindre ?

LE COMMANDEUR.

Nous serons inondés de Tragédies en un Acte, & on n'en fera point d'autres.

LA MARQUISE.

Il en sera de la Tragédie comme de la Comédie. On fait depuis long-tems des Comédies en un Acte, & cela n'empêche pas qu'on n'en fasse tous les jours en cinq ou bien en trois.

LE COMMANDEUR.

Il y a grande différence, Madame. La Comédie en un Acte n'a rien qui choque; l'esprit est toûjours tout prêt à s'amuser, & l'on peut faire rire dès la premiere Scene. Mais il n'en va pas de même de la Tragédie où il faut disposer les choses pour remuer le cœur ; & y porter la pitié ou la crainte.

LA MARQUISE.

Mais si je vous disois que cette Piéce a sçû me toûcher jusqu'aux larmes.

LE COMMANDEUR.

Je dirois qu'elle n'a pas dû vous toucher & que vos larmes n'étoient point en régle.

LE CHEVALIER.

Oh ! pour le coup, Commandeur, tu extravagues, & ton érudition te broüille la cervelle. Mais toi, grand flandrin de Vicomte, qui te tiens là les bras croisés sans mot dire, as-tu juré de ne point desserrer les dents ? tû as de l'esprit, du goût, des connoissances, que ne t'en sers-tu pour mettre fin à cette dispute ? tu te plais dans le désordre ; cela t'amuse.

LE VICOMTE.

J'avoüe que cette dispute me fait plaisir, & que la vivacité du Commandeur ne me réjoüit pas moins, que je suis charmé du bon sens de Madame la Marquise.

LE CHEVALIER

Mais te plaira-t-il enfin de nous dire ton avis ?

LE VICOMTE.

La Marquise a parlé, & tu me demandes mon avis ! où as-tu donc l'esprit, mon pauvre Chevalier ? Ne sçais-tu pas que je tiens le cœur des Dames infaillible sur ces matieres ? mais voici Hortense & Céliméne qui nons diront leurs sentimens.

SCENE II.

JULIE, LE CHEVALIER, LE COMMANDEUR, LA MARQUISE, HORTENSE, CELIMENE, LE VICOMTE.

LE COMMANDEUR.

IL s'agit, Mesdames, de sçavoir la Piéce que nous joüerons aujourd'hui.

LE VICOMTE.

Je gagerois bien que la belle Hortense sera pour la Tragédie.

HORTENSE.

Vous perdriez Vicomte. Soit que le Comique en général m'amuse davantage, soit que je sçache mauvais gré à l'Auteur de votre Tragédie en un Acte, d'avoir voulu m'attendrir pour si peu de tems, je me déclare hautement pour la Comédie, & je souhaite qu'elle soit joüée préferablement à toute autre Piéce.

CELIMENE.

Et moi j'opine pour la Pastorale; telle est la disposition de mon cœur, que les paroles les plus touchantes ne sçauroient l'émouvoir, si la Musique n'est de la partie; mais aussi ma sensibilité est alors extrême, & je ne sçai plus ce qui me touche davantage ou du chant ou des paroles.

HORTENSE.

Mais, Madame, peut-on esperer que les perſonnes qui doivent arriver, accoûtumées à voir tous les jours l'Opéra de Paris, & à entendre les voix les plus rares, voudront bien ſe prêter à l'envie que nous avons de les amuſer.

CELIMENE.

Oüi, Madame, on ſe prête tous les jours à ces ſortes de choſes, & pourvû que nous chantions avec quelque juſteſſe & quelque goût, on nous paſſera le reſte.

JULIE.

Il me vient une idée qui ſera, je penſe, au gré de l'Aſſemblée. La Marquiſe tient pour la Tragédie, Hortenſe pour la Comédie, la Comteſſe pour la Paſtorale; il n'y a qu'à les joüer aujourd'hui toutes trois; deux heures de tems nous en feront raiſon, & tout le monde aura lieu d'être ſatisfait.

LA MARQUISE.

J'y conſens volontiers.

CELIMENE.

Et moi de même.

LE CHEVALIER.

Une Tragédie, un Opéra, une Comédie; mais oüi, cela peut être amuſant. Qu'en dis-tu Vicomte?

LE VICOMTE.

Je dis que Madame eſt la premiere perſonne du monde pour trouver des ajuſtemens aux choſes les plus difficiles.

LE COMMANDEUR.

Pour moi je ne m'y oppoſe point, pourvû qu'il me ſoit permis de faire un tour de promenade dans le Jardin, pendant qu'on joüira la Tragédie en un Acte.

L'A MARQUISE.

Pour ne pas retarder la promenade de Mr. le Commandeur, je ſuis d'avis qu'on commence par joüer cette Tragédie qui lui déplaît tant.

LE VICOMTE.

C'eſt bien le moins qu'on doive à la Tragédie, de lui accorder le pas ſur la Comédie ſa cadette.

CELIMENE.

Comme il eſt bien dû à l'Opéra de terminer le Spectacle, lui qui mérite ce nom par excellence.

LE CHEVALIER.

Il me tarde de voir cette Bigarrure.

LE VICOMTE.

Sa ſingularité peut lui tenir lieu de merite.

JULIE.

On verra du moins par là, que nous avons tenté toute ſorte de voyes pour plaire aux perſonnes que nous attendons; mais je crois entendre le bruit des Equipages; c'eſt la Compagnie ſans doute qui arrive, allons la recevoir, & diſpoſer les choſes pour l'execution de notre projet.

Fin du Prologue.

POLIXENE,

TRAGEDIE

EN UN ACTE.

ACTEURS.

POLIXENE, fille de Priam Roi de Troye.

PYRRHUS, fils d'Achile Roi d'Epire.

ÆGINE, Confidente de Polixene.

THESSANDRE, Capitaine des Gardes de Pyrrhus.

La Scene est sur le débris de Troye.

POLIXENE,

TRAGEDIE EN UN ACTE.

SCENE PREMIERE.

POLIXENE, ÆGINE.

POLIXENE.

Ciel! à quels affronts m'avez vous destinée.
De climats en climats en triomphe amenée,
Je verrai mes tyrans à me nuire obstinés,
Montrer la sœur d'Hector aux peuples étonnés;
Et pour comble d'horreurs esclave d'un barbare:
O mort! viens m'affranchir des maux qu'on me prépare.

ÆGINE.

Qu'entens-je juste ciel, & quels sont vos souhaits!

POLIXENE.

Vous avez vû grands Dieux! les efforts que j'ai faits

Pour étouffer un feu dont l'horreur vous offenſe :
D'un ſexe malheureux ils paſſent la puiſſance.

ÆGINE.

Ainſi donc votre cœur trompant mon amitié.
De ſes ennuis ſecrets me cache la moitié.

POLIXENE.

Du coupable Pâris les flâmes téméraires
Viennent de renverſer le Trône de mes Peres
Ægine, c'étoit peu de toutes ces horreurs,
Et j'ai dû d'un tel frere imiter les fureurs.

ÆGINE.

Et quel eſt cet amour dont le joug vous opprime ?

POLIXENE.

Des amours le plus tendre & le moins légitime.
Mais pourquoi t'en ferois-je un récit odieux ?
Ægine, il me rendroit trop coupable à tes yeux ;
Et tu dois redouter ma triſte confidence.

ÆGINE.

Non, non, rompez, Madame, un injuſte ſilence,
Nommez l'objet fatal d'un penchant malheureux.

POLIXENE.

Des Grecs, le plus barbare a ſurpris tous mes vœux.

ÆGINE.

Dieux ! ſeroit-ce Pyrrhus ?

POLIXENE.

Ægine, c'eſt lui-même ;
Ce vainqueur, ou plûtôt, ce fier tyran, je l'aime.

ÆGINE.

Se peut-il que l'amour ait ſoumis votre cœur,
Qu'auroit dû mieux défendre une juſte douleur ?
Hélas ! lorſqu'à vos pieds je vis Troye abattuë,
Au comble des horreurs je vous crûs parvenuë
Et je ne penſois pas que le Ciel en courroux
Pût vous porter jamais de plus funeſtes coups,

Que pour mieux ſignaler ſa haine & ſa vangeance,
Il dût vous envier juſqu'à votre innocence.

POLIXENE.

Non, Æɡine, jamais dans un cœur on n'a vû
Regner tant de tendreſſe avec tant de vertu.
Ce ne ſont plus les maux de ma Patrie en cendre
Qui m'arrachent les pleurs que tu me vois répandre;
Je pleure les horreurs d'un amour malheureux,
Qui malgré mes efforts tyranniſe mes vœux;
Et vainqueur quelquefois d'une vertu que j'aime
Des combats qu'elle rend ſe venge ſur moi-même
Envain pour étouffer mes déſirs inſenſés,
Je retrace à mes yeux les maux qu'on m'a cauſés;
En vain à chaque inſtant une mere éplorée,
Au nom d'une amitié toûjours ſi révérée,
Me preſſe de calmer des regrets ſuperflus,
Je ſens mes maux s'accroître, & ſouffre d'autant plus;
Que des tourmens ſecrets, où mon amour m'expoſe,
Je ne puis lui conter la véritable cauſe,
Et qu'il me faut couvrir des malheurs d'Ilion
Les pleurs que fait couler ma fole paſſion.
Dieux cruels! eſt-ce aſſez perſécuter ma vie?
Peu ſatisfaits d'avoir embrâſé ma Patrie,
D'avoir forcé mes yeux tant de fois effrayés
A pleurer tous les miens expirans à mes pieds;
Juſqu'au fond de mon cœur portant votre colere;
Vous me faites aimer l'aſſaſſin de mon pere;
Et lorſque je m'applique à vaincre mes tranſports,
Vous protegez Pyrrhus contre tous mes remords.

SCENE II.

PYRRHUS, POLIXENE, ÆGINE.

PYRRHUS.

Quoi, Madame toûjours les yeux baignés de larmes ?

POLIXENE.

Eh comment, juste ciel ! puis-je voir sans allarmes
Un vainqueur dont le bras encor ensanglanté
M'a livrée aux horreurs de la captivité,
L'orgueilleux destructeur du Trône de mes peres ;
Le meurtrier enfin de mon Roi, de mes freres ;
Et qui, pour couronner d'illustres attentats,
A mes vœux les plus doux refuse le trépas !

PYRRHUS.

Ah ! Madame, cessez d'offrir à ma mémoire
Les maux affréux que traîne après soi la victoire.
Cessez de retracer à mes yeux pleins d'effroi
Des malheurs où le sort eut plus de part que moi.
L'horreur regnoit dans Troye, & de flames couverte
Cette ville superbe approchoit de sa perte ;
Lorsque d'un feu vengeur les funébres clartés,
A mes regards surpris offrirent vos beautés :
Aussitôt detestant le bonheur de mes armes,
Aux soupirs des vaincus j'osai méler mes larmes ;
Et d'un tendre remords le cœur trop pénétré
J'eûs horreur des exploits qui m'avoient illustré.
Pourquoi sans se parer d'une vaillance vaine,
Ne montroit-on plûtôt l'aimable Polixene ?
Et soudain on eût vû tomber notre courroux ;

Pyrrhus le plus barbare eût paru le plus doux.

POLIXENE.

Ciel ! qu'entens-je ? Pyrrhus ; ce vainqueur ſacrilége !
Pyrrhus ! qui des Autels bravant le privilége,
De mon Pere à mes yeux a pû trancher les jours,
Vient m'outrager encor par d'indignes amours !
D'un ſang infortuné perſécuteur funeſte,
Il en voudroit en moi deshonorer le reſte !
Et moi-même tranquile au récit de ſes feux,
J'oſe encore ſur lui lever mes triſtes yeux !
D'une longue miſère effet le plus terrible !
Se peut-il qu'aux affronts on devienne inſenſible ?
Que je reſpire encor, tandis que l'on a pû
Oſer impunément douter de ma vertu ?
Hélas ! juſques à quand trop inſtruit de mes peines,
Prétendez-vous, Seigneur, apéſantir mes chaînes ?
Eh quoi ? n'ai-je donc pas ſouffert aſſez de maux,
Sans que vous m'expoſiez à des tourmens nouveaux ?
Car enfin, cet aveu d'une odieuſe flâme
Met le comble aux douleurs qui déchirent mon ame ;
Et ſi l'amour jamais avoit ſçû vous toucher,
Cet amour vous eut dit qu'il falloit le cacher.

PYRRHUS.

Pour combattre l'amour dont l'âveu vous offenſe,
Ah ! je ne me ſuis fait que trop de violence ;
De mille feux cruels vainement conſumé,
Pyrrhus s'eſt plus contraint qu'il n'auroit préſumé :
Mais enfin de mon cœur la fierté naturelle
Commence à ſe laſſer d'une gêne éternelle ;
Ce cœur eſt bien plus fait à mépriſer la mort,
Madame, qu'à combattre un amoureux tranſport.
C'eſt aſſez prolonger ma vie, & mon ſupplice,
Ordonnez que j'eſpere, ou bien, que je périſſe.

SCENE III.

PYRRUS, POLIXENE, ÆGINE, THESSANDRE.

THESSANDRE.

AH! Seigneur, apprenez les mortelles terreurs,
Qu'un oracle fatal répand dans tous les cœurs :
Vos soldats s'acquittant d'un devoir légitime,
Aux fiers mânes d'Achiles offroient une victime,
Quand soudain à leurs yeux, prodige tout nouveau,
Ce superbe guerrier sort du sein du tombeau.
Tel il parut jadis aux yeux de votre Armée,
Quand d'un juste courroux sa grande ame enflamée,
Et d'un affront sanglant voulant tirer raison,
Il osa menacer l'injuste Agamemnon.
Il s'avance, & portant dans les cœurs l'épouvante
» Peuple ingrat (leur dit-il d'une voix menaçante)
» Oses-tu présumer que mes mânes sacrés
» Par le sang le plus vil puissent être honorés?
» Pour payer mes travaux d'une digne hécatombe,
» Il faut que Polixene expire sur ma tombe.
Il prononce ces mots l'œuil fier, étincelant,
Et fixe ses regards sur tout le camp tremblant :
Cependant tous les Grecs que ce prodige entraîne
D'une commune voix condamnent Polixene
Déja de mille cris ils remplissent les Cieux ;
Pour eux l'arrêt d'Achile est un arrêt des Dieux :
Seigneur, & si j'en crois l'ardeur qui les anime,
Ils vont bientôt ici demander leur victime.

POLIXENE.

POLIXENE *à part.*

Dieux ! je respire enfin ; & votre inimitié
A force de rigueur me tient lieu de pitié.

PYRRHUS.

Eh ! quel crime a commis, ô Ciel ! cette Princesse,
Pour l'immoler aux cris d'une ombre vengeresse ?
Si son frere abusant d'une perfide paix,
Dans le sang de mon pere osa tremper ses traits,
A d'inhumaines loix Polixene asservie,
Des forfaits de Pâris doit-elle être punie ?
Elle dont les vertus .... mais c'est trop écouter
Un bruit injurieux que je dois rejetter :
L'effroi qu'inspire encore la cendre de mon pere,
Sans doute aura produit cette ombre imaginaire.
Qui ne sçait que le peuple ami du merveilleux,
Se plaît à consacrer mille bruits fabuleux ?
Que souvent il croit voir renverser la nature,
Lorsqu'on n'offre à ses yeux qu'une vaine imposture ;
Et qu'en ses visions pleine d'obscurité
Rien ne doit étonner que sa crédulité.
Toutefois prévenant de plus rudes allarmes,
A mes Thessaliens fais prendre ici les armes.
Et fais-les souvenir en leur dictant mes loix,
Que c'est servir les Dieux que d'obéir aux Rois.

SCENE IV.

PYRRHUS, POLIXENE, ÆGINE.

PYRRHUS.

HE' bien, je pourrai donc par d'illustres services
Réparer désormais toutes mes injustices,
Effacer d'Ilion le triste souvenir,
Et vous ôter enfin le droit de me haïr :
Malgré l'arrêt fatal qu'en ces lieux on publie,
Je pourrai vous contraindre à me devoir la vie,
Briguer, en vous servant, un honneur immortel,
Et me montrer vaillant, sans être criminel ?

POLIXENE.

Dites plûtôt, Seigneur, qu'une éternelle honte
Seroit le juste prix du feu qui vous surmonte;
Dites que pour sauver des jours trop malheureux,
Vous auriez à combattre & la Gréce, & les Dieux;
Qu'il vous faudroit bien-tôt de cent peuples perfides
Voir tourner contre vous les armes homicides,
De vos propres soldats éprouver les fureurs,
Et remplir ces climats de nouvelles horreurs.

PYRRHUS.

Et ce sont ces horreurs, & ces mêmes allarmes,
Qui loin de m'arrêter, ont pour moi tant de charmes;
Pour engager les Dieux à seconder mes coups,
Eh! ne suffit-il pas qu'on combatte pour vous?
Pour leur faire approuver l'audace qui m'inspire,
Osez avec Pyrrhus partager son empire;
Venez aux yeux des Grecs réünis contre moi,

Me jurer dans le temple une éternelle foi,
Et je cours, au mépris de leur fureur jalouse,
Contre un pere irrité proteger une épouse,
Défendre contre lui les droits des immortels,
Et forcer les tombeaux de céder aux autels. *

POLIXENE.

Que j'épouse Pyrrhus? l'assassin de mon pere?
Que de tous ses forfaits ma main soit le salaire?
Ah! j'aurois crû du moins en ce jour plein d'effroi,
Qu'on m'auroit épargné l'affront que je reçoi.

PIRRHUS.

Gardez-donc cette main, ce cœur inéxorable,
Aux yeux de tous les Grecs j'en serai plus coupable;
Mais ma flamme pour vous n'éclatera que mieux.
Adieu. Je vais combattre en dépit de vos vœux.
Je vais, plein du courroux, où vous livrez mon ame;
Me venger sur les Grecs du mépris de ma flâme:
Ce qu'Hector n'a pû faire, il faut que vos appas
L'executent sans peine aux yeux de nos soldats:
Il faut que reparant les effets de ma rage,
De dix ans, en un jour, je détruise l'ouvrage.
Venez me voir, Madame, en ma juste fureur
Faire du camp des Grecs un théâtre d'horreur,
De vos lâches Tyrans vous immoler la vie,
Et de la même main qui vous aura servie,
Sur leurs corps tout sanglans me frapper à mon tour,
Et satisfaire ainsi ma gloire & mon amour.

POLIXENE.

Ah! si tu veux m'offrir cette cruelle image,
Barbare, pour la voir, prête-moi ton courage;
Car enfin du trépas, où tu voles pour moi,

* *Quelques personnes n'ayant pas approuvé ces deux Vers, l'Auteur les a changé de cette maniere.*

N'obéïr qu'à ma flamme, & plein d'un feu si beau,
De l'Himen sur sa tombe allumer le flambeau.

Je ſens que je frémis mille fois plus que toi :
Mais que dis-je ? où m'entraîne une ardeur inſenſée ;
O Dieux ! en ce moment m'auriez-vous délaiſſée ?
De honte & de douleur tous mes ſens ſont ſaiſis :
Je rappelle en tremblant mes timides eſprits.
Je vous quitte, Seigneur, & fuis votre préſence.

PYRRHUS.

Non. Vous romprez plûtôt un barbare ſilence.
O Ciel ! tant de regrets, une ſi vive ardeur
Auroient-ils ſçû fléchir enfin votre rigueur ?
Ah ! ſi d'un tel eſpoir j'oſois goûter les charmes....
Vous ne répondez rien ! je vois couler vos larmes !

POLIXENE.

Oüi, je pleure d'avoir d'un inſtant trop vêcu,
Puiſqu'il flétrit ma gloire, & ſoüille ma vertu :
Mais ne t'applaudis point d'une gloire trop vaine ;
Tu ne la dois qu'aux Dieux dont j'éprouve la haine ;
Aux Dieux, dont le courroux fatal à ma maiſon,
Pour te livrer mon cœur, égara ma raiſon ;
Juſqu'au dernier ſoupir dans le fond de mon ame ;
J'eſperois renfermer une odieuſe flâme ;
Mais les Dieux obſtinés à pourſuivre mon ſort,
Avoient juré, ſans doute, & ma honte & ma mort ;
En vain à leurs arrêts je voudrois me ſouſtraire,
Sur l'un & l'autre point il faut les ſatisfaire,
Je viens de déclarer mes coupables amours ;
Il me reſte à ſubir le trépas où je cours.
Rappellant ſur l'Autel tout le ſoin de ma gloire,
Qu'offenſe un fol amour honteux à ma mémoire :
Il me reſte à percer ce cœur, ce lâche cœur,
Qui vient de me flétrir par une indigne ardeur,
Et que j'avois déja condamné la premiere,
Avant qu'on entendît l'ombre de votre pere.

PYRRHUS.

Non, vous ne mourrez point ; mais, eſt-ce à moi grands Dieux,
Que s'adreſſe un aveu qui charme tous mes vœux ?
Ah ! pourquoi, ſi la haine à la pitié fit place,
M'apprenez-vous ſi tard la fin de ma diſgrace ?
Pourquoi, ſi vous daignez approuver mon ardeur,
Me cachiez-vous, cruelle, un ſi rare bonheur ?
Mais quel étrange amour ! qu'il reſſemble à la haine !
Vous aimez, & pourtant une mort inhumaine
Eſt le fatal objet que vous me préférez,
Et l'unique faveur qu'ici vous implorez.
O Dieux ! & qui pourroit dans ma juſte furie
Me ravir le ſeul bien qui m'attache à la vie ?
Ce n'eſt plus déſormais une ingrate beauté,
Qu'un malheureux amant, haï, perſecuté,
Veut pourtant proteger en dépit d'elle-même,
C'eſt une amante en pleurs, que j'adore, qui m'aime ;
Qui par mes ſoins enfin, ſe laiſſant déſarmer,
Des périls de Pyrrhus a paru s'allarmer.
C'eſt mon bien, c'eſt le prix de l'amour le plus tendre ;
Qu'aux dépens de mes jours je brûle de défendre.

SCENE V.

PYRRHUS, POLIXENE, ÆGINE, THESSANDRE.

THESSANDRE.

Tous les Grecs enhardis par la Religion ;
Demandent Polixene avec émotion ;
Calchas, des immortels le Miniſtre ſuprême,

Près du tombeau d'Achille a dressé l'Autel même ;
Leur haine à cet objet semble se rallumer,
Et dans leurs cris, Seigneur, ils osent vous nommer ;
Ils osent accuser votre cœur magnanime
De vouloir à leurs coups dérober leur victime.

PYRRHUS.

Ce n'est qu'avec regret que je quitte ces lieux,
Madame, mais bien-tôt content, victorieux,
Je reviens, (car j'en crois ma valeur & mon zèle,)
D'un destin plus heureux vous porter la nouvelle,
Et de tous mes bienfaits, sans vouloir abuser
De votre sort, du mien vous laisser disposer.

SCENE VI.

POLIXENE, ÆGINE.

POLIXENE.

Pour moi de mon destin je ne suis point en peine ;
Je sai trop en ces lieux que ma perte est certaine,
Que bien-tôt, grace au Ciel qui condamne mes jours,
Je recevrai le prix de mes folles amours :
En vain Pyrrhus s'apprête à signaler sa rage,
A travers les soldats m'ouvrant un prompt passage ;
Je saurai, malgré lui, saisir le fer mortel,
Et le teindre à ses yeux d'un sang trop criminel.
S'il ose s'applaudir d'une indigne victoire,
Il ne joüira pas long-tems de cette gloire,
Et peut-être en ce jour seroit-il plus heureux,
S'il eût jusques au bout pû douter de mes feux.
Cependant attentive aux ordres que je laisse :
Ægine, garde-toi de suivre ta Princesse,

Et si ma mere ici se présente à tes yeux,
Prens soin de lui cacher ce mistere odieux;
Les Dieux me sont témoins, que parmi tant d'allarmes,
Je ne redoute ici que son trouble & ses larmes.

ÆGINE.

Ciel! que me dites-vous? vous courez au trépas!
Et vous me défendez d'accompagner vos pas!

POLIXENE.

Si ton cœur, à ma gloire, en effet s'interesse,
Tu dois te rendre, Ægine, au desir qui me presse,
Mais arrête ces pleurs qui pourroient me trahir,
Et songe seulement que tu dois obéïr.

SCENE VII.

ÆGINE.

AH! dûssai-je éprouver le plus rude supplice,
Vous vous flattez en vain qu'à vos loix j'obéïsse:
Allons trouver Pyrrhus, courons lui découvrir
Un projet qu'il ignore, & qui me fait frémir.

SCENE VIII.

PYRRHUS, ÆGINE, THESSANDRE.

PYRRHUS *du fond du Théâtre.*

JE l'avois bien prévû que ma seule présence
D'un peuple audacieux confondroit l'insolence;
Mais quoi? Je ne vois point Polixene en ces lieux,

Sçait-elle que Pyrrhus satisfait, glorieux . . . .

ÆGINE.

Ah ! Seigneur, en ces lieux quelle erreur vous arrête
Lorsqu'à subir la mort Polixene s'aprête ;
Qu'elle vient de sortir dans le fatal dessein
De hâter elle-même un arrêt inhumain.

PYRRHUS.

O Dieux ! dans ce dessein Polixene est sortie !
Ah ! vous me répondrez d'une si chere vie,
Vous, qui chargés du soin de veiller sur ses jours . . . .

SCENE IX.

PYRRHUS, POLIXENE, ÆGINE, THESSANDRE, SOLDATS.

POLIXENE. *aux Soldats qui l'empêchent de sortir.*

BArbares est-ce assez ? m'envîrez-vous toûjours
Les douceurs d'une mort trop long-tems attenduë ?
Mais quoi ; Pyrrhus encor vient s'offrir à ma vûë !

à part.

O Dieux ! trop inhumains, ou trop lents à punir,
Ou rendez-moi ma gloire, ou laissez-moi mourir.

PYRRHUS.

Madame, dissipez vos mortelles allarmes ;
Je triomphe, & tout cede au pouvoir de vos charmes,
Unis contre vos jours par un fatal accord
Cent peuples furieux demandoient votre mort,
J'ai paru : d'un arrêt dicté par l'artifice
Aux yeux de tout le Camp j'ai demandé justice,
Et les lâches, soudain, tremblans, irrésolus,
Ont douté de l'Oracle à l'aspect de Pyrrhus.

Et moi qu'anime alors une cause si belle,
Brûlant plus que jamais de vous marquer mon zéle,
Même aux yeux de Calchas vainement courroucé
Je renverse à ses pieds l'Autel qu'il a dressé.
Ainsi prompt à confondre un Ministre prophane,
Le Ciel vous justifie.

POLIXENE, *elle se frappe.*

Et moi je me condamne,

PYRRHUS.

Ciel!

POLIXENE.

Seigneur, mon destin auroit été trop doux,
Si Polixene eût pû ne vivre que pour vous;
Si des Dieux divisés la colere inhumaine,
Entre nos deux Maisons n'eût semé trop de haine;
Mais tels sont de ces Dieux les arrêts absolus,
Que pour sauver ma gloire, il faut perdre Pyrrhus.
Toutefois j'ose ici vous faire une priere;
De ma mere, daignez adoucir la misere;
Que Pyrrhus condamnant ses barbares exploits
Des vaincus à son tour veüille écouter la voix,
Que de tant de Heros la mere infortunée.
A marcher sur vos pas ne soit point condamnée.
Daignez la délivrer de ses tristes liens,
Et défendez ses jours, sans regretter les miens.

On l'emporte.

SCENE DERNIERE.

PYRRHUS, THESSANDRE.

PYRRHUS.

AH ! ne présumez pas que je tarde à vous suivre ;
Au sort le plus affreux que je puisse survivre :
Perçous ce triste cœur, en proye à ses fureurs,
Et par un prompt trépas prévenons mille horreurs.

THESSANDRE.

Où vous entraîne, ô Ciel ! la douleur qui vous presse ?
Vivez pour commander à l'Epire, à la Grece.

PYRRHUS.

A la Grece ! ah ! plûtôt vivons pour la punir,
Renversons son Empire avant que de mourir.
Tremblez Peuples cruels ; Pyrrhus respire encore ;
Ah ! je me vangerai d'un peuple que j'abhorre,
Vous n'aurez pas en vain défié mon courroux :
Polixene n'est plus ; elle vivroit sans vous.
Mais vous allez sentir la fureur qui m'inspire,
Qui vous a sçû venger, sçaura bien vous détruire.
Vos forfaits avec vous rompent tous mes liens,
Et les amis d'Hector sont devenus les miens :
Venez vous joindre à moi, cruelles Eumenides,
Des Grecs contre les Grecs armez les mains perfides ;
Que ces lâches vainqueurs alterés de leur sang,
De leurs barbares mains se déchirent le flanc ;
Que vos flambeaux brûlans échauffant le carnage,
Les fassent tous périr sur cet affreux rivage ;
Et puissent les Troyens, détruisant nos travaux
Rebâtir Ilion sur les débris d'Argos.

L'AVARE AMOUREUX,

COMEDIE

EN UN ACTE.

ACTEURS.

ARGANTE, Amant de Julie.

GERONTE, Pere de Julie.

JULIE, Fille de Geronte.

DORIMÈNE, Sœur de Geronte.

VALERE, Amant de Julie.

NÉRINE, Suivante de Julie.

Mr. SUBTIL.	Notaires.
Mr. COURTELIGNE.	

L'AVARE AMOUREUX,

COMEDIE EN UN ACTE.

SCENE PREMIERE

ARGANTE, NE'RINE.

ARGANTE.

NFIN, Nérine, me voilà tout déterminé à épouser Julie ; & je viens exprès pour la demander en mariage à son Pere.

NE'RINE.

Et Dieu sçait si les préparatifs sont magnifiques, Etoffes précieuses, Diamans de prix, Valets nombreux, Carrosse brillant......

ARGANTE.

Oh ! pour moi je hais comme le Diable toute sorte de voitures ; & je trouve que l'exercice me fait du bien. A l'égard de Julie, je lui ferai si bonne compagnie, qu'elle n'aura pas besoin d'équipage pour aller se désennuyer ailleurs.

NE'RINE.

Voilà qui vous épargnera bien de l'argent, Mr. Argante.

ARGANTE.

Est-ce que tu crois que ce que j'en fais, c'est par avarice ?

NE'RINE.

Je ne dis pas cela.

ARGANTE.

Tu sçais le peu de cas que je fais de l'argent.

NE'RINE.

Je sçai que vous êtes l'homme du monde le plus généreux : cependant qui ne vous connoîtroit pas, ne sçauroit qu'en croire.

ARGANTE.

Que veux-tu dire ?

NE'RINE.

Vous m'aviez dit ces jours passés, quand nous fûmes à Passi, que vous prétendiez donner à Julie une Fête sur l'eau qui charmeroit tout le monde.

ARGANTE.

Les ordres étoient donnés ; & la Fête eût été magnifique, si elle eût été exécutée ; mais je songeai que cela auroit pû faire tort à la réputation de Julie, & qu'il valoit mieux renvoïer la Fête après notre mariage.

NE'RINE.

La chose en effet en sera plus rare. Mais vous aviez promis aussi de quitter cette vilaine Maison que vous occupez dans la ruë Mouftard.

ARGANTE.

Q'appelles-tu, vilaine Maison ? elle est grande, commode, & je m'y porte bien.

NE'RINE.

Il y a encore une chose qui déplaît infiniment à Julie.

ARGANTE.

Quelque fantaisie, sans doute.

NE'RINE.

C'est votre profession d'homme de Robe ; & si vous pouviez ......

ARGANTE.

Quoi, veut-elle qu'à mon âge, je me fasse Mousquetaire ?

NE'RINE.

Vous ne feriez peut-être pas si mal ; & je lui ai toûjours vû un fond d'estime pour ce Corps là.

ARGANTE.

Folies que tout cela. Quand Julie connoîtra tout ce que vaut un Homme de Robe, elle sera ravie d'être ma femme. Adieu, Nérine, je vais presser les choses, & sçavoir de Mr. Geronte ce qu'il prétend faire pour sa Fille en la mariant.

SCENE II.

NE'RINE.

VOilà une nouvelle à donner à Julie, qui ne lui fera pas grand plaisir ; mais je la vois ; elle me paroît déja toute informée de ce qui se passe.

SCENE III.

JULIE, NERINE.

JULIE.

AH ! ma chère Nérine, je suis dans le dernier désespoir. Mr. Argante est dans le cabinet de mon Pere ; & peut-être que les Articles sont déja dressés.

NE'RINE.

Et moi je vous dis qu'ils ne le sont, ni ne le seront. Jamais avares n'ont fait affaire ensemble. Votre Pere l'est très-raisonnablement, & pour le vieux Robin, votre Amant, c'est l'avarice parlante : je les défie de conclure.

JULIE.

Mais s'ils venoient à terminer ?....

NE'RINE.

Et si pardessus le marché, vous y donniez les mains, il n'en seroit rien.

JULIE.

Et la raison ?

NE'RINE.

La raison est que je m'y oppose ; & qu'on n'a jamais vû de mariage se faire sans l'aveu de la Suivante.

JULIE.

Sont-ce là les suretés que tu me donnes ?

NE'RINE

NE'RINE.

Il faut bien vous en donner d'extravagantes, puisque les raisonnables n'y font rien. Faut-il vous répéter vingt fois que Monsieur votre pere n'est pas homme à vous faire le moindre avantage; & que Monsieur Argante n'est pas homme..... Mais voici votre Tante qui achevera de vous rassurer.

SCENE IV.

DORIME'NE, JULIE, VALE'RE' NERINE.

JULIE.

AH! ma chére Tante, vous me voyez dans une inquiétude mortelle.

DORIME'NE.

Et de quoi s'agit-il, ma Niéce?

JULIE.

Monsieur Argante & mon Pere sont ensemble; & je vais être mariée à l'homme du monde que je hais le plus.

VALERE.

Madame, vous connoissez mes sentimens pour Julie, & il seroit tems de vouloir bien les appuyer auprès de Monsieur votre frere.

DORIME'NE.

Point du tout. Je connois mon frere, c'est l'homme du monde le plus opiniâtre. Il n'a maintenant que son Monsieur Argante en tête, &

quand je donnerois tout mon bien en votre faveur, tout cela seroit inutile. Il faut attendre qu'ils se brouillent, ce qui ne manquera pas d'arriver, si-tôt qu'il s'agira de conclure.

JULIE.

Ma chére Tante, vous m'aviez promis de lui faire accroire que vous vouliez l'épouser.

DORIME'NE.

Il n'a pas tenu à moi qu'il n'en fût persuadé; & si jamais l'avarice me le raméne, je te promets de ne rien oublier pour le faire donner dans le piége.

NE'RINE.

Pour moi je peins aux yeux de Monsieur Argante ma chére Maîtresse, comme la plus impertinente petite créature....

VALERE.

Mais Nerine.....

NE'RINE.

Mais, quoi, voulez-vous que je lui fasse son éloge ? Mon Dieu ! que je hais les Amans ! Paix. J'entens ouvrir le Cabinet. Il faut qu'Argante passe par cette Sale. Retirez-vous; & laissez-moi sçavoir de lui comment tout s'est passé.

DORIME'NE.

Ma Niéce, rentrez dans votre chambre. Il pourra venir chez moi. Il est bon que vous n'y soyiez pas. Et vous, Valére, ne vous écartez point, qu'on sache où vous trouver, lorsqu'on aura besoin de vous.

VALERE *à Julie.*

Ah Julie !

NE'RINE *le contrefaisant.*

Ah Monsieur ! Retirez-vous, vous dis-je, votre Rival approche.

VALE'RE *à Julie, en s'en allant.*

Il faut donc vous quitter.

NE'RINE *à Julie.*

Rentrez donc vîte. Je l'entens qui grogne tout ſeul. Tous ces vieux foux ſont grands faiſeurs de Monologues. Ecoutons.

SCENE V.

ARGANTE, NE'RINE.

ARGANTE *ſans voir Nérine.*

EN agir de la ſorte avec un ami de quarante ans! allez Monſieur Géronte, cela eſt indigne. Vous ſçavez que j'ai du foible pour votre Fille; & vous voulez en abuſer! Oh! Parbleu vous en ſerez la duppe; & voilà un procedé qui vous coûtera diablement cher, Monſieur Géronte. Ah! c'eſt toi, Nerine.

NE'RINE.

Oui, Monſieur, c'eſt votre trés-humble Servante.

ARGANTE.

Julie ſçait-elle ce que ſon Pere lui veut donner en mariage?

NERINE.

Non Monſieur.

ARGANTE.

Rien?

NE'RINE.

Rien ?

ARGANTE.

Oui, rien ; rien ; ce qui s'appelle rien. Mais je m'en vengerai, Monſieur Geronte, je m'en vengerai. Vous avez une Sœur qui joüit de trente mille livres de rente : c'eſt la ſeule perſonne raiſonnable qui ſoit dans votre Maiſon. Elle a pour moi une eſtime toute particuliere : je l'épouſerai, Monſieur Géronte, je l'épouſerai.

NE'RINE. *le contrefaiſant.*

Vous n'en ferez rien, Monſieur Argante, vous n'en ferez rien.

ARGANTE.

Je n'en ferai rien,

NERINE.

Non.

ARGANTE.

Et pourquoi ?

NE'RINE.

Parce que je vous ai vu cent fois entrer chez elle, dans ce deſſein ; & revenir toûjours à ma Maîtreſſe plus amoureux que jamais.

ARGANTE.

Eh bien, voilà ce que tu ne verras plus ; & pour t'en mieux convaincre, je vais tout de ce pas entrer chez Doriméne, pour lui en faire la propoſition.

N'ERINE *à part.*

Et nous allons porter à Julie cette agréable nouvelle.

Elle voit Monſieur Argante prêt à entrer chez Julie, & le pouſſe vers l'appartement de Doriméne.

Eh, Monſieur vous n'y ſongez pas. C'eſt içi l'Appartement de Julie, voilà celui de Doriméne.

ARGANTE.

Je ſuis ſi troublé de colére contre Monſieur Géronte, que je ne ſçai ce que je fais.

NE'RINE *à part.*

Il faut le voir entrer.

ARGANTE *revenant ſur ſes pas.*

Comment penſes-tu que la petite Julie prendra la chôſe ?

NE'RINE.

Et mort de ma vie que vous importe ? ce ſont ſes affaires. Ce ne ſont plus les vôtres.

ARGANTE.

Tu as raiſon. Mais enfin là, que crois-tu qu'elle diſe en apprenant la dureté de ſon Pere pour elle, & mon mariage avec ſa Tante ?

NE'RINE.

Commencez par épouſer Doriméne : & puis vous vous informerez de toutes ces bagatelles.

Elle le pouſſe dans la chambre de Doriméne.

Allons, Monſieur entrez. Que j'aye la ſatisfaction de vous voir faire dans la vie une action de vigueur.

ARGANTE.

Ne précipitons rien. Si je pouvois réduire ta Maîtreſſe à vivre en femme qui n'a rien apporté en mariage ; enfin comme une femme raiſonnable . . . . . .

NE'RINE.

Elle ! jamais. Il ſuffit qu'une choſe ſoit raiſonnable pour qu'elle ſoit en droit de lui déplaire : & vous sçavez que la dépense est sa folie.

ARGANTE.

Avouë qu'on est bien malheureux d'aimer une personne de ce caractere.

NE'RINE.

Vous ne serez pas plûtôt le mari de la Tante que vous ne songerez plus à la Niéce.

ARGANTE.

Eh bien, je ne balance plus. Aussi bien l'une ne m'apporteroit qu'un grand apétit pour manger tout mon bien ; & l'autre me donnera dequoi l'épargner. Adieu, Nérine, dis à Julie ....

NE'RINE.

Je n'y manquerai pas.

ARGANTE.

Si je la voyois auparavant.

NERINE *à part.*

Nous voilà bien avancés

ARGANTE.

Quand ce ne seroit que pour lui dire que si je ne l'épouse pas, ce n'est pas ma faute :

NE'RINE.

Vous ferez tout comme il vous plaira : mais je vous avertis d'avance qu'avec un pareil compliment, vous serez mal reçû.

ARGANTE.

Qu'importe ? tiens : je ne veux rien avoir à me reprocher ; & il faut que je la mette dans son tort aussi bien que son Pere.

NE'RINE.

Cela ne sera pas difficile ; & puisque vous voulez, je vais l'avertir que vous la demandez. *à part.* Et lui faire sa leçon.

SCENE VI.

ARGANTE *seul.*

Monsieur Géronte ne laisse pas que d'avoir près de cent mille écus de bien ; il n'a point d'autre enfant que Julie ; il est vieux, cassé, mourra bien-tôt, j'en suis sûr : ainsi donc à tout prendre, je ne ferois pas une si mauvaise affaire en épousant Julie, même sans dot, n'étoit ce maudit goût qu'elle a pour la dépense. Mais je vois la friponne ; & je ne sçai plus où j'en suis.

SCENE VII.

ARGANTE, JULIE NERINE.

NE'RINE *à Julie.*

Jouez bien.

JULIE.

Laisse-moi faire.

ARGANTE *en regardant Julie.*

Non, je ne conçois point qu'on puisse être le Pere d'une aussi jolie enfant ; & ne lui pas donnner tout son bien en la mariant.

JULIE.

Et moi, Monsieur je ne conçois point comment il se trouve des Peres assez bons pour donner quelque chose en mariant leurs Filles : & si faite, comme je suis, il en coûtoit une obole au mien, je me croirois deshonorée.

NE'RINE *a Julie.*

Bon.

ARGANTE.

Vous vous croiriez deshonorée !

JULIE.

Oui, Monsieur.

ARGANTE *à part.*

Quel Diable de raffinement est-ceci ?

JULIE.

Et vous pouvez compter qu'un homme qui aura voulu me faire cet affront, ne sera jamais mon Epoux.

NE'RINE *à Julie.*

A merveilles.

ARGANTE *à Julie.*

Eh bien, trop charmante Julie. (*puis à part*) Voici un moment qui va me coûter tout mon bien & par consequent la vie. *Ensuite regardant Julie.* Eh bien, on vous épousera tout comme vous voudrez. En souhaitez vous davantage.

NE'RINE *à part*

Peste soit du vieux fou.

JULIE *étonnée.*

Nérine !

NE'RINE *étonnée.*

Mademoiselle !

ARGANTE *continuë.*

Oüi, cher objet de mes desirs, je n'en veux qu'à votre petit cœur, & je le préfere à tous les trésors du monde. Disposez de ma personne, disposez de ma vie : mais songez que mon bien n'est pas des plus considerable ; & que Monsieur Géronte est d'une complexion à vivre encore long-tems.

NE'RINE.

A voir la fin du monde. *A Julie.* Vous ne dites rien !

ARGANTE.

Faites-moi donc esperer que . . . . . .

JULIE.

Non, Monsieur, je vous tromperois. Je vous entens : vous voudriez que je vécusse en femme qui n'a rien apporté en mariage, n'est-ce pas ?

ARGANTE.

A peu près.

JULIE.

Et moi je prétens vivre en femme qui doit un jour être riche ; & qui, en attendant se sent les plus heureuses dispositions du monde pour se faire honneur du bien de son mari.

ARGANTE.

Vous ne voulez donc m'épouser, que pour avoir le plaisir de me ruiner ?

JULIE.

Vous épouser ! & qui vous a dit que j'en aye la moindre envie ? Je croyois vous avoir assez marqué le contraire.

ARGANTE.

Ah ! petite ingrate, c'est donc-là le prix de

tout ce que je fais pour vous. Ce n'eſt point aſſez que vous me coûtiez déja plus de vingt mille écus . . . . . .

JULIE.

Moi, Monſieur !

N'ERINE.

Voici du neuf.

ARGANTE.

Par les bonnes affaires que j'ai manquées en venant roder ici vingt fois le jour . . . . . .

NERINE.

Pour avoir l'honneur de m'entretenir.

ARGANTE.

Oüi, j'acheterois de la moitié de mes jours, l'avantage de ne vous avoir jamais vuë.

JULIE.

Nérine, allons nous-en.

ARGANTE.

Non, vous ne meritez pas d'être auſſi jolie que vous l'êtes.

JULIE.

Ni vous, Monſieur, qu'on vous écoute plus long-tems. Rentrons, Nérine, & laiſſons Monſieur extravaguer à ſon aiſe.

SCENE VIII.

ARGANTE *ſeul.*

VOUS avez raiſon ; & mon amour pour vous eſt une veritable extravagance. Au plus petit mot de tendresse qu'elle m'eût dit, c'en étoit fait, je l'épousois : Mais je ne crois pas qu'il m'arrive de la rechercher d'avantage. Or sus, mon cœur, plus de foiblesse. Et vous Monsieur Argante, songez à ce que vous faites. Voilà l'Appartement de Julie : c'est-là qu'il ne faut plus aller de votre vie. Voici celui de Doriméne : c'est ici qu'il faut entrer, & n'en sortir que pour vous marier avec elle.

SCENE IX.

ARGANTE, DORIME'NE.

ARGANTE.

AH ! Madame, j'allois chez vous, vengez moi.

DORIME'NE.

Et qui peut avoir offensé Monsieur Argante ? Lui dont le caractere est si charmant, qui possede un esprit si superieur, & qui a quelque chose de si gracieux répandu dans toute sa personne, que j'ai souvent dit que ma niéce étoit trop heureuse d'épouser un homme de son mérite !

ARGANTE.

Voilà ce qu'elle, ni son Pere n'ont jamais pû comprendre. Julie me refuse son cœur.

DORIME'NE.

Peut-on vous refuser quelque chose ?

ARGANTE.

Et Geronte, son argent.

DORIME'NE.

Tout ce qu'il a ne devroit-il pas être à votre ſervice ? Ah ! que vous m'affligez ! & que je ſouffre de voir dans ma famille deux perſonnes auſſi injuſtes, ſans que je puiſſe réparer leur faute !

ARGANTE.

Et qui le pourroit mieux que vous, Madame, ſi vous le vouliez en effet ?

DORIME'NE.

Parlez, je n'ai rien à vous refuſer.

ARGANTE.

Hé bien, Madame, épouſez-moi. C'eſt ainſi qu'il faut tous les deux nous vanger : Car vous êtes offenſée ; & vous devez punir Julie de l'injuſte préference que je lui donnois. Vous riez ; & je le merite. Je n'aurois pas dû balancer ſi long-tems entre vous deux : Mais pardonnez-moi.

DORIME'NE.

Je vous pardonne de tout mon cœur. Mais le moyen d'en croire un tranſport que ma Niéce détruira d'un regard.

ARGANTE.

Ne craignez rien, je ne la verrai de ma vie : Et ſi vous voulez y donner les mains, je ſuis prêt à me marier avec vous dès ce ſoir.

DORIME'NE.

Mais ne ſeroit-il pas à propos de faire un Contrat ?

ARGANTE.

Oüi, Madame : & je vais chez mon Notaire le faire dreſſer.

DORIME'NE.

Allez & n'oubliez pas d'y faire mettre que je vous donne tout mon bien.

ARGANTE.

Non, je ne crois pas qu'il y ait ſous le Ciel une auſſi bonne femme que vous. *à part* Ah ! Julie, que n'êtes-vous auſſi raiſonnable que Doriméne? Ah ! Doriméne, que n'êtes-vous auſſi charmante que Julie ?

DORIME'NE.

Vous reſtez.

ARGANTE.

Pardonnez-moi, je cours chez mon Notaire.

DORIME'NE *ſeule.*

Je n'en pouvois plus. Encore un inſtant, & j'allois éclater. Mais il faut donner cette bonne nouvelle à Julie. Ah ! te voilà, Nérine.

SCENE X,

DORIME'NE NE'RINE.

NE'RINE.

J'Allois chez vous, Madame, vous rendre compte de nos rolles, & vous demander des nouvelles du vôtre. Ma foi, pour nous, moi & votre Niéce, nous avons fait des merveilles.

DORIME'NE.

Et moi, ſans vanité, pas trop mal. J'épouſe ce ſoir Monſieur Argante.

NE'RINE.

C'eſt-à-dire qu'il s'en flatte.

DORIME'NE.

Il croit la choſe ſûre, & il vient de me quitter pour aller faire dreſſer le Contrat.

NE'RINE.

Cela ne me ſurprend point, & nous vous l'avons envoyé en diſpoſition de faire tout ce que vous voudriez.

DORIME'NE.

Je t'aſſure qu'au fond, je ne ſuis guére propre à joüer un tel perſonnage, & qu'il faut aimer ma Niéce autant que je l'aime, pour m'en être chargée.

NE'RINE.

Bon, Madame, cela vous plaît à dire. Il n'y a point de femme qui ne ſoit Comédienne : Il y en a même qui le ſont ſans le ſçavoir, tant cela nous eſt naturel, & nous n'avons beſoin que d'être employées.

DORIME'NE

Où eſt Julie ?

NE'RINE.

Son Pere vient de l'envoyer chercher, & c'eſt pour lui dire que ſon mariage avec Argante eſt rompu. Mais ne ſongez-vous pas auſſi à ce pauvre Valére ? il me fait pitié.

DORIME'NE.

Je vais lui écrire qu'il ſe rende ici, pour le preſenter à mon Frere. Toi, va rendre compte à Julie de ce qui ſe paſſe.

NE'RINE.

Voilà les affaires en aſſez bon chemin. Ma foi,

Monsieur Argante, vous en tenez, & nous verrons la figure que vous ferez avec votre Contrat à la main, quand personne ne voudra le signer ; mais le voici lui-même, la joie est peinte sur son visage, nous seroit-il arrivé quelque malheur ; sçachons ce qui en est.

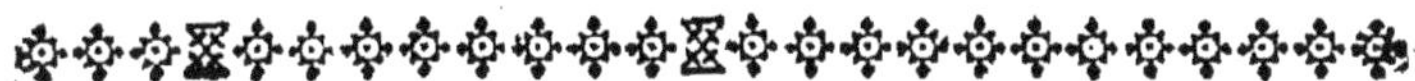

SCENE XI.

ARGANTE, NE'RINE.

NE'RINE.

EH bien, Monsieur, vous avez pris votre parti en homme de courage : & Doriméne .....

ARGANTE.

Il n'est plus question de Doriméne, & c'est enfin Julie que j'épouse.

NE'RINE.

Julie !

ARGANTE.

Oüi, elle-même. Je suis tout rempli de satisfaction : & jamais je ne fus si content. Ce soir elle sera ma Femme, & je serai son Mari, cela te surprend ?

NE'RINE.

Point du tout.

ARGANTE.

La friponne a été plus forte que toutes mes résolutions ; j'en ai l'ame ravie de joie. Je quittois Doriméne pour aller faire dresser mon Contrat de mariage avec elle, quand à deux pas d'ici je rencontre mon Notaire. Je lui dis en deux mots de quoi il s'agit ; & je reviens à la hâte pour annoncer à Monsieur Geronte, que j'épouse sa Sœur, & joüir du plaisir de l'en voir crever de dépit. Point du tout, je trouve avec lui ma charmante Julie. Sa vuë me trouble. Je songe que je vais la perdre pour jamais. J'oublie ce qui m'améne. Je me plains de la façon dont elle m'avoit traité. Je lui rappelle les offres que je lui ai faites devant toi. Geronte lui montre son injustice. Elle l'a reconnoît. Mon procedé la touche. Je vois la pauvre enfant pleurer.

NE'RINE.

Je n'en doute pas.

ARGANTE.

C'en est assez. Je passe pardessus ; & je ne sors de mon désordre, qu'après l'avoir obtenuë.

NE'RINE.

Ainsi, Monsieur, vous passez le Contrat avec la Tante, & vous épousez la Niéce.

ARGANTE.

Il faut bien se satisfaire une fois dans la vie.

NE'RINE.

Sans doute, & c'est à Doriméne à se pourvoir ailleurs.

ARGANTE.

Ne m'en parle point. Demain je lui ferai quelque excuse honnête. Maintenant je ne veux être occupé que de ma petite Femme ; & tandis que son Pere fait dresser le Contrat, je vais chez moi faire tout préparer pour la recevoir ce soir : car ce soir tu ne coucheras pas ici.

SCENE

SCENE XII.

NE'RINE *seule.*

CEla n'est pas encore si sûr, & vous en serez pour vos préparatifs, ou Nérine....

SCENE XIII.

VALE'RE, NE'RINE.

VALE'RE.

AH! ma chere Nérine, que je suis heureux!

NE'RINE.

Oh! pour cela vous êtes d'un bonheur, mais d'un bonheur qui ne se peut comprendre.

VALE'RE.

Tu me l'avois bien dit, que jamais ils ne s'accorderoient.

NE'RINE.

Peste. Je suis infaillible.

VALE'RE.

Di-moi, l'adorable Julie est-elle instruite de tout? la trouverai-je chez Doriméne? a-t'on prévenu Monsieur Geronte en ma faveur? mais quoi, tu ne me répons rien!

NE'RINE *appercevant Julie en pleurs.*

Voilà Julie : regardez-la.

SCENE XIV.

VALE'RE, JULIE, NE'RINE.

VALE'RE.

CIel ! Que vois-je ? Julie en pleurs !

JULIE.

Ah Valére! je ſuis au déſeſpoir, mon Pere me livre entre les mains d'Argante.

VALE'RE.

Que me dites-vous ? Quoi, Doriméne qui vient de m'écrire, m'auroit trompé ? & ſon mariage avec Argante . . . . . .

NE'RINE.

Ne ſe fait plus ; & c'eſt Julie qu'il épouſe.

JULIE.

Il vient tout preſentement de me demander à mon Pere.

VALE'RE.

Et vous, Mademoiſelle, qu'avez-vous dit ?

JULIE.

J'ai pleuré.

NE'RINE.

Belle reſſource ! Ne pouviez-vous pas au moins lui dire, que vous aimiez mieux un Couvent ? & n'eſt-ce pas la premiere choſe qui dans le déſeſpoir, ſe preſente à l'eſprit d'une fille ?

JULIE.

Je n'en ai pas eû la force.

VALE'RE.

Et vous aurez celle de lui obéïr ; & de me donner la mort ?

JULIE

Non, Valére : & si ma tante ne peut me garantir de ce malheur, je mourrai la premiere.

NE'RINE.

Fort bien. Vous allez l'un & l'autre au plus sûr ; & si vous m'en croyez, vous vous tuërez tous les deux sur le champ.

VALE'RE.

Ah Nérine ! ne nous accable pas. Tâche plûtôt de nous servir.

NE'RINE.

J'y rêve ; & je ne trouve rien. Oüi, j'aimerois mieux avoir affaire à vingt jeunes gens des plus mutins, qu'à deux Vieillards faits comme Monsieur Géronte & Monsieur Argante. J'avois compté sur leur avarice ; ma foi j'y compte encore. Oüi, vive Nérine, cela réüssira. Ecoutez, le Pere de Mademoiselle . . . . . Mais je l'entens tousser : laissez-moi faire, & allez m'attendre chez Doriméne, vous sçaurez bien-tôt de mes nouvelles.

SCENE XV.

GE'RONTE, NE'RINE.

GE'RONTE.

HE' bien, Nérine, que dit ma fille de son mariage ?

NE'RINE.

D'abord elle n'en sentoit pas tous les avantages : mais à present elle m'en paroît satisfaite ; & je vous assure qu'elle auroit grand tort de ne l'être pas.

GE'RONTE.

Tu m'as toûjours paru une fille raisonnable. Tu trouves donc que je fais-là une bonne affaire ?

NE'RINE.

Mais, c'est selon.

GE'RONTE.

Qu'appelles-tu ? c'est selon. Sçais-tu-bien que Monsieur Argante est riche de plus de deux cens mille écus ?

NE'RINE.

Mon Dieu ! Je m'entends bien ; & je trouve comme vous que votre fille fait un excellent mariage.

GE'RONTE.

Hé bien ?

NERINE.

Mais vous, Monsieur, je trouve que vous en

faites un très-mauvais.

GE'RONTE.

Comment ?

NE'RINE.

Vous mariez votre fille, & il ne vous en revient rien.

GE'RONTE.

Que veux-tu dire ? Est-ce que tu voulois que je demandasse du retour ? Je la marie avec un homme riche : & cela sans débourser un soû.

NE'RINE.

C'est quelque chose.

GE'RONTE.

N'est-ce ce pas ce que je pouvois faire de mieux ?

NE'RINE.

Non, & je prétens qu'il devoit vous faire un bon present.

GE'RONTE.

Tu te mocques, Nérine, & jamais on n'a vû qu'un Gendre fît un present à son Beau-Pere.

NE'RINE.

Bon, ne voyez-vous pas tous les jours un frere faire sa fortune, en mariant sa sœur.

GE'RONTE.

Cela est vrai.

NE'RINE.

N'êtes-vous pas plus proche parent de votre fille, que si vous étiez son frere ?

GE'RONTE.

Tu as raison.

NE'RINE.

Il est donc tout naturel que Julie vous vaille quelque chose.

GE'RONTE.

Ma foi, plus naturel que je ne penſois.

NE'RINE.

N'eſt-il pas ridicule qu'un honnête homme prenne la peine de faire de jolies filles, de les nourrir, de les entretenir, de ſe ruiner pour leur éducation ; & le tout pour n'en tirer d'autre profit que celui de s'en défaire, comme d'une mauvaiſe marchandiſe ?

GE'RONTE.

Très-ridicule : & c'eſt une choſe que je me ſuis dit cent fois à moi-même.

NE'RINE.

D'ailleurs, Monſieur, l'interêt de votre fille s'y trouve : & l'argent qu'on vous auroit donné, eût profité dans vos mains.

GE'RONTE.

Je t'avouë que je ſuis très-fâché de n'avoir pas fait toutes ces réflexions avant que d'avoir fait dreſſer les articles. On croit avoir gagné le Perou en mariant ſa fille ſans dot ; & point du tout, ce n'eſt dans le fond qu'un mauvais marché.

NE'RINE.

Les articles ne ſont rien, le Contrat n'eſt point encore ſigné. Monſieur Argante adore votre fille, il en paſſera par tout ce que vous voudrez ; vous n'avez qu'à tenir ferme : c'eſt moi qui vous en répons. Tenez, puiſqu'il faut tout vous dire, pas plûtard que ce matin, il me diſoit qu'il donneroit tout ſon bien pour poſſeder Julie.

GE'RONTE.

Que me conſeille-tu de lui demander ?

NE'RINE.

Cinquante mille écus.

GE'RONTE.

Il ne les donnera pas.

NE'RINE.

Je vous dis qu'il les donnera.

GE'RONTE.

Tu ne ſçais donc pas que tout a été ſur le point de manquer, parce qu'il demandoit une ſomme conſiderable. Or juge ſi un homme qui ne vouloit pas de ma fille ſans dot, donnera cinquante mille écus pour l'avoir.

NE'RINE

Oüi, Monſieur, il les donnera, vous dis-je, je connois Monſieur Argante. Il demandoit une dot, vous l'avez refuſée, il s'eſt fâché; & enfin il eſt revenu. Vous lui demanderez cinquante mille écus, il vous refuſera, ſe fâchera, & reviendra.

GE'RONTE.

Sçais-tu bien, Nérine, que je n'ai jamais entendu perſonne ſi bien raiſonner?

NE'RINE.

C'eſt que j'ai toûjours bien vû que vous ne pouviez pas laiſſer aller votre fille, à moins de cinquante mille écus.

GE'RONTE.

Maintenant je le vois bien auſſi, moi. Oh! oh! Monſieur Argante à votre âge, il vous faut de jeunes heritieres. Ah! parbleu vous les payerez. Adieu, Nérine, je te ſuis obligé; & je vais tout de ce pas ſonger au biais qu'il me faut prendre pour cette affaire.

SCENE XVI.

NE'RINE

T nous, ſongeons à fortifier notre batterie. , Monſieur Géronte voit tous les jours une taine Araminte, qui n'a point d'autre mêtier : celui d'épouſer de vieilles gens. Monſieur Arıte eſt homme à prendre aiſément l'allarme. ilà précisément ce qu'il me faut. Mais le voici -même qui vient fort à propos ſe preſenter à ; filets.

SCENE XVII.

ARGANTE, NE'RINE.

NERINE *feignant de ne le point voir.*

H ! ma chere Maîtreſſe, Monſieur Argante vous épouſe ſans dot. Voilà un effort qui : honneur à vos charmes : plût au Ciel ! qu'il fît point de tort à votre fortune.

ARGANTE *à part.*

ue dit-elle de la fortune de Julie ?

NE'RINE

On devroit bien faire un exemple de ces ca-:uſes de vieillards, qui enlevent le bien

; Familles, à la faveur de certains mariages ts je ne ſçai comment.

ARGANTE *à part.*

l y a là-deſſous quelque choſe.

NE'RINE *continuant*

onſieur Argante ne ſçait pas pourquoi votre e ne vous donne rien.

ARGANTE *ſe montrant tout à coup.*

u le ſçais : dis-le moi.

NE'RINE.

h Monſieur, qui vous croyoit ſi près d'ici ?

ARGANTE.

érine, tu ſçais quelque choſe des affaires de nſieur Geronte ?

NE'RINE.

oi, Monſieur !

ARGANTE.

üi, toi : ne me cache rien. Je t'ai entendu ler tout bas de Monſieur Geronte, & de cer-es cajoleuſes . . . . . .

NE'RINE.

e diſois qu'il y a dans le monde certaines mes, qui ont un talent tout particulier pour ner le cœur des vieilles gens.

ARGANTE.

ais quel rapport cela a-t'il avec les affaires de nſieur Géronte? Eſt-ce qu'il ſeroit homme à ſe er dupper par quelqu'une de ces créatures ?

NE'RINE.

e ne dis pas cela. Mais comme il voit quel-fois une certaine Araminte . . . . . .

ARGANTE.

ui ? Araminte ! cette femme qui eſt déja

veuve de trois maris ! ah ! ma chere Nérine, je ſuis trahi ; je la connois ; & jamais Monſieur Géronte ne lui échapera. Je ſuis vendu, Nérine ; & voilà un coup qui m'aſſomme.

NE'RINE.

Tout ce que je vous en dis, Monſieur, n'eſt qu'une conjecture.

ARGANTE.

Diable ! une conjecture qui n'eſt que trop veritable. Je ne ſuis plus ſurpris s'il n'a voulu rien aſſurer à ſa fille. Oüi, Nérine, il épouſera Araminte ; & elle lui fera des enfans.

NE'RINE.

Oh ! Monſieur, elle eſt trop honnête femme pour cela. Mais tout ce que vous pouvez faire pour vous mettre l'eſprit en repos, c'eſt d'exiger de Monſieur Géronte, qu'il vous donne cinquante mille écus, leſquels ſeront au moins à couvert de tout fâcheux accident.

ARGANTE

C'eſt bien auſſi ce que je prétens faire, & je vais tout de ce pas lui propoſer la choſe. Oh ! parbleu, Monſieur Géronte ; puiſque vous pouvez vous marier avant que de mourir, il vous en coûtera cinquante mille écus, ou point d'affaire.

NE'RINE.

Mais au moins, Monſieur, gardez-vous bien de parler d'Araminte.

ARGANTE.

Ne crains rien.

NE'RINE *ſeule.*

Voilà mon ſtratagême en bon train ; & je

me fais d'avance un plaisir de voir nos deux Corsaires aux prises. Mais les voici tous deux, & je m'en vais bien rire.

SCENE XVIII.

GE'RONTE, ARGANTE, NE'RINE.

GE'RONTE *d'une voix tranquille.*

AH, Monsieur! j'allois chez vous pour....

ARGANTE *d'un ton de voix brusque.*

Et moi je viens pour......

GE'RONTE.

Vous parler......

ARGANTE.

Vous entretenir......

GE'RONTE.

Au sujet......

ARGANTE.

De mon mariage......

GE'RONTE.

De votre mariage avec ma fille?.....

ARGANTE.

Apparemment.. Monsieur Géronte.....

GE'RONTE.

Monsieur Argante.....

ARGANTE.

Quand on prend une femme.....

GE'RONTE.

Quand on donne sa fille.....

ARGANTE.

Ce n'eſt pas . . . . . .

GE'RONTE.

Pour le ſeul plaiſir . . . . . .

ARGANTE.

D'avoir des enfans . . . . . .

GE'RONTE.

D'être grand-pere . . . . . .

ARGANTE.

Ainſi donc . . . .

GE'RONTE.

C'eſt pourquoi . . . . . .

ARGANTE.

Oh ! faites-moi l'honneur de m'écouter.

GE'RONTE.

Faites-moi celui de m'entendre.

ARGANTE.

On voit tous les jours des peres ſe remarier.

GE'RONTE.

On voit tous les jours des maris ſe ruiner par complaiſance pour leurs femmes.

ARGANTE *en colere.*

Bref.

GE'RONTE.

En un mot.

ARGANTE.

Je venois vous dire . . . . .

GE'RONTE.

J'allois vous déclarer . . . . . .

ARGANTE.

Que je ne prendrai point votre Fille . . . . .

GE'RONTE.

Que je ne donneraipoint ma Fille . . . . .

GE'RONTE ET ARGANTE *ensemble.*

A moins de cinquante mille écus.

Ils reculent tous les deux, & restent quelque tems à se regarder sans rien dire.

NE'RINE *sur les aîles du Théâtre.*

Les voilà comme deux Termes.

ARGANTE *à Nerine.*

C'est Araminte qui l'oblige à me faire cette demande. *à Geronte.* Vous prétendez que moi qui prens votre Fille, je vous donne cinquante mille écus?

GE'RONTE.

Vous voulez que moi, qui vous accorde ma Fille, je vous donne cinquante mille écus, après être convenu que je ne donnerois rien?

ARGANTE.

Si vous aviez voulu m'écouter, vous sçauriez que j'ai fait mes réflexions.

GE'RONTE.

Et moi les miennes.

ARGANTE.

Mais voyez un peu, je vous prie, quelle comparaison; & s'il y a quelque pays au monde où l'on donne de l'argent à un homme pour épouser sa Fille?

GE'RONTE.

Je ne sçai ce qui se pratique dans les autres Païs: mais ma Fille ne sortira pas de ma Maison qu'on ne me remette cinquante mille écus.

ARGANTE.

Dont vous disposerez comme il vous plaira:

GE'RONTE.

Comme vous ferez de ma Fille tout ce qu'il vous plaira, dès qu'elle sera votre Femme.

ARGANTE.

C'est-à-dire que vous voulez cette somme en nantissement de Mademoiselle votre Fille.

GE'RONTE

Vous appellerez cela tout comme vous voudrez. Mais ce que je sçai bien, c'est que votre interêt s'y trouve ; & que vous devriez m'en prier.

ARGANTE.

Moi! je devrois vous prier de prendre cinquante mille écus ?

GE'RONTE.

Oüi, Monsieur, & ce sera moins un don qu'un dépôt qui vous reviendra comme le reste.

ARGANTE.

Oh! pour le coup, Monsieur Géronte, je ne puis plus y tenir. Je vous entens. Il vous faudroit cinquante mille écus pour .... mais il suffit. Vous sçavez mes sentimens. Et je m'en tiens à ma proposition.

GE'RONTE

Et moi à la mienne.

NE'RINE *à part.*

Voilà ma belle Maîtresse en vente pour la somme de cinquante mille écus.

ARGANTE *à Nérine.*

Hé bien, Nérine, que dis-tu du procedé de Monsieur Geronte ?

NE'RINE.

Que tout ce qu'il en fait n'est que pour se

dispenser de donner les cinquante mille écus ; & qu'il n'y a qu'à tenir ferme.

ARGANTE.

Vous me mettez le pié sur la gorge, Monsieur Géronte, parce que j'ai le malheur d'aimer Julie. Mais .... Adieu.

GE'RONTE.

Je suis votre Serviteur ... Il reviendra.

ARGANTE *revenant*.

Monsient Géronte .... vous allez vous en repentir.

GE'RONTE.

A la bonne heure.

ARGANTE.

Vous ne sçavez pas que j'ai un mariage tout prêt.

GE'RONTE.

Ce sont vos affaires.

ARGANTE.

Que je puis laisser là votre Fille.

GE'RONTE.

Vous êtes le maître.

ARGANTE.

Et, qui plus est .... épouser votre Sœur.

GE'RONTE.

Ma Sœur?

ARGANTE.

Oüi, votre sœur : & voilà Monsieur Subtil, mon fidelle Notaire, qui pourra vous en dire des nouvelles.

NE'RINE *à part*.

Et nous allons avertir Doriméne de ce qui se passe.

SCENE XIX.

GE'RONTE, ARGANTE, Mr. SUBTIL, Mr. COURTE-LIGNE.

Mr. SUBTIL *à Argante.*

VOici, Monsieur, votre Contrat avec Doriméne.

Mr. COURTE-LIGNE. *à Géronte.*

Je vous apporte, Monsieur, le Contrat de votre Fille avec Monsieur Argante.

Tous deux à la fois.

Il n'y manque que le seing des Parties contractantes.

GE'RONTE.

Dites-moi, Monsieur Argante, est-ce là le procedé d'un honnête homme, d'avoir deux Contrats de mariage à la fois ?

ARGANTE.

Dites-moi, Monsieur Géronte, est-cé-là l'action d'un Gentil-homme, d'embarquer les gens pour se moquer d'eux ; & de leur vouloir faire acheter votre Fille plus cher qu'une Charge de Secretaire du Roi ?

GE'RONTE.

Les trente-mille livres de rente de ma Sœur vous ont donné dans la vuë, Monsieur Argante; mais vous n'en êtes pas encore où vous croyez.

C'est

C'est elle que je vois ; & je m'apprête à lui bien laver la tête.

SCENE XX.

Les Acteurs précedens.

DORIMÉNE ET JULIE.

ARGANTE *à part.*

JUlie est avec elle, fermons les yeux.

GÉRONTE.

Oh ! parbleu, Madame, on vient de m'apprendre de belles choses.

DORIMÉNE.

De quoi s'agit-il, mon frere ?

GÉRONTE *à part, à Dorimene.*

Comment, ma Sœur, vous ne vous contentez pas de ne rien faire pour votre Niéce, il faut encore que vous nous fassiez manquer notre fortune, en épousant Monsieur Argante ?

DORIMÉNE.

Se peut-il que vous me croyez assez folle pour cela, & ne voyez-vous pas que tout ce que j'en ai fait, n'étoit qu'un jeu pour retarder le mariage de ma Niéce ?

ARGANTE.

Ouf.

DORIMÉNE.

Oüi, mon frere, j'ai toûjours cru que vous

rompriez tôt ou tard avec Monsieur Argante, & je n'attendois que ce moment pour vous déclarer que c'est moi, qui me charge de donner à Julie les cinquante mille écus qui causent votre débat, pourvû qu'on me laisse disposer de sa main.

ARGANTE.

C'en est fait, & je vais être sacrifié.

GE'RONTE.

Ces cinquante mille écus sont pour ma fille, je n'y gagne rien. Cependant comme c'est vous ma sœur qui voulez faire le mariage, je renonce à mes prétentions, & je veux bien ne rien exiger pour moi.

SCENE XXI.

Les Acteurs précedens. VALERE.

DORIME'NE.

VAlere, paroissez. Mon frere voilà l'Epoux que je donne à ma Niéce.

GE'RONTE.

Je connois sa Maison; & son Alliance m'est chere.

DORIME'NE.

Allons, mon Frere, entrons dans mon Appartement. Monsieur a peut-être quelque nouveau Contrat à passer avec Monsieur Subtil. Et vous, Monsieur Courteligne, suivez-moi, nous aurons besoin de vous.

GE'RONTE *à Argante.*

J'eſpere, Monſieur, que cette bagatelle n'empêchera pas que nous ne ſoyons toûjours amis ?

NE'RINE *à Argante.*

Je ſuis bien fâché, Monſieur, que vous ſoyez ſans femme, & que l'excès de mon zéle en ſoit la cauſe.

SCENE XXII. ET DERNIERE.

Mr. ARGANTE, Mr. SUBTIL.

Mr. SUBTIL.

QUI me payera mon Contrat ?

ARGANTE.

Le grand Diable d'enfer. Le plus ancien de mes amis veut m'égorger : ma Maîtreſſe me ſacrifie : la femme du monde que j'eſtimois le plus, me jouë un tour abominable : juſqu'à une coquine de Soubrette, tout m'inſulte, tout me trahit : & je vois mieux que jamais qu'il n'y a rien de ſolide que l'Argent.

FIN.

PAN ET DORIS,

PASTORALE HÉROIQUE.

EN UN ACTE.

ACTEURS CHANTANS

de la Pastorale.

PAN, déguisé en Berger, sous la figure de PALE'MON.

PALE'MON, Berger.

DORIS, Bergére.

ARCAS, Confident de Pan.

Une DRIADE,

Un SATYRE,

BERGE'RES,

Troupes de DRIADES, de Bergers & de Bergéres.

PAN ET DORIS,

PASTORALE HEROÏQUE.

SCENE PREMIERE.

PAN *sous la figure de Palémon.*

Mour, le Dieu des Bois implore ta puissance :
Sauve-moi la douleur de revoir en ces lieux,
Un Berger trop fatal au bonheur de mes feux.
Profitant du dépit qui causa son absence,
C'est toi qui pour fléchir l'objet de tous mes vœux,
M'as fait de Palémon prendre la ressemblance :
Amour, le Dieu des Bois implore ta puissance :
Sauve-moi la douleur de revoir en ces lieux
Un Berger trop fatal au bonheur de mes feux.

SCENE II.

PAN, DORIS.

DORIS.

Quoi, toûjours agité d'une douleur mortelle !

PAN.

Peut-on aimer hélas ! & ne pas ressentir

Une crainte toûjours nouvelle ?

DORIS.

L'aveu de mon ardeur fidelle
D'une injuste frayeur auroit dû vous guérir.

PAN.

J'éprouve une peine cruelle,
Tout semble m'annoncer que le Ciel en courroux
Me prépare un coup terrible:
Et je sens que mon cœur ne peut être sensible
Qu'au malheur de me voir abandonné de vous.

DORIS.

Si le bonheur de votre vie
Dépend de ma fidelle ardeur,
Croyez que Doris en son cœur
Vous garde un sort digne d'envie.

PAN.

Non, vous ne m'aimez pas; & j'en crois la douleur
Qu'éprouve en ce jour ma tendresse.

DORIS.

Pour dissiper un soupçon qui me blesse
A de nouveaux sermens faut-il avoir recours?

PAN.	DORIS.
Jurez-moi par le Dieu qu'en ces Bois on révére	Je jure par le Dieu qu'en ces Bois on révére
Que le Berger qui vous sçut plaire	Que le Berger qui m'a sçu plaire
Sera toûjours l'objet de vos tendres amours.	Sera toûjours l'objet de mes tendres amours.

DORIS.

Mais on vient. Terminons un discours trop sincère.

Elle sort.

SCENE III.

PAN, ARCAS.

ARCAS.

PAlémon sur ces bords, vient de frapper mes yeux.

PAN.

Que son retour me cause une mortelle peine!

ARCAS.

Et pourquoi craignez-vous un Rival malheureux?

PAN.

Quand Palémon lassé d'une constance vaine
Jura de ne plus voir ces lieux
Doris à son départ ne fut que trop sensible
On vit éclater un amour
Que sa rigueur invincible
Avoit caché jusqu'à ce jour.

ARCAS.

Du Berger prenant l'apparence,
Vous avez triomphé de l'objet de vos feux.

PAN.

Et ne prévois-tu pas que cette ressemblance
Du Berger à son tour va seconder les vœux?

ARCAS.

Tout respecte vos Loix en ce séjour champêtre.
Il ne vous reste plus qu'à vous faire connoître.

PAN.

L'amant le plus glorieux
N'est pas toûjours le plus aimable;
S'il étoit moins redoutable
Souvent il n'en plairoit que mieux.

ARCAS.

Celui qui plaît d'avantage
N'eſt pas toûjours le mieux traitté.
Heureux l'amant dont l'homage
Flatte l'orgüeil d'une beauté !
Heureux l'Amant dont l'homage
Fait triompher ſa vanité.

PAN.

J'apperçois Palémon. Tâche, ami, de t'inſtruire
Du ſoin qui dans ces lieux l'attire.

Il ſort.

SCENE IV.

PALE'MON, ARCAS.

ARCAS.

PAlémon, eſt-ce vous qu'en ces lieux je revoi ?
Vous qui d'une éternelle abſence
Vous étiez impoſé la Loi.

PALE'MON.

Je viens revoir les lieux où j'ai pris la naiſſance.

ARCAS.

Vous y verrez toûjours la charmante Doris.

PALE'MON.

L'abſence a triomphé du pouvoir de ſes charmes :
Et l'on ne verra plus mes larmes
Nourrir ſon injuſte mépris.
Heureux mépris qui me dégage
Des ſoins dont j'étois agité !
Plus j'ai ſouffert dans l'eſclavage ;
Plus je chéris ma liberté.

ARCAS.

Des plaisirs de l'indifférence
Goûtez la charmante douceur :
Ceux que promet l'Amour n'ont qu'un charme trompeur.

PALE'MON, ARCAS *ensemble*.

Des plaisirs de l'indifférence
Goûtons la charmante douceur :
Ceux que l'Amour promet pour récompense
N'ont qu'un charme trompeur.

ARCAS.

Doris vers nous s'avance;
Fuyons un objet trop charmant.

PALE'MON.

Sa présence à mon cœur ne cause point d'allarmes

SCENE V.

DORIS, PALE'MON, ARCAS.

DORIS.

Bergers, m'est-il permis d'oser pour un moment
D'un entretien secret troubler ici les charmes ?

PALE'MON.

J'entretenois Arcas des biens pleins de douceur,
Qu'un cœur indifférent trouve dans cet azile.

DORIS.

Depuis quand Palémon vante-t'il le bonheur
Qu'éprouve un cœur tranquile ?

PALE'MON.

Depuis que j'ai perdu jusques au souvenir
Des maux qu'Amour me fit souffrir.

Malgré ses rigueurs, une ingratte
Voudroit qu'on l'adorât toûjours:
Mais enfin l'orgüeil qui la flatte,
Ecarte à jamais les amours.

DORIS.

Ciel! Quel est ce discours? Et que voulez-vous dire?

PALE'MON.

Je dis que sous son Empire
Doris n'aura plus le plaisir
De me voir vainement soupirer, & gémir.
Mais qu'a donc cet aveu qui doive vous surprendre?
Avez-vous dû prétendre
Que mon cœur dans vos fers fût toûjours arrêté?

DORIS.

Non, non. J'ai du prévoir que ta légéreté
Seroit le prix de ma foiblesse:
Et que je perdrois ta tendresse
Si-tôt que mon amour auroit trop éclatté.

PALE'MON.

Si les rigueurs des Belles
De leur amour sont des preuves fidelles;
Jamais amant ne fut plus fortuné que moi.

DORIS.

Il te sied bien de te plaindre
Des rigueurs que j'eûs pour toi.
Ah! plûtôt à mes yeux, ingrat, cesse de feindre;
Et nomme-moi l'objet qui m'a ravi ta foi.

PALE'MON.

L'objet qui m'enchante,
Régnera toûjours dans mon cœur.
Liberté charmante!
Vous ferez toûjours mon bonheur.

DORIS.

L'Infidelle m'outrage après m'avoir trahie.
O Ciel ! punis sa perfidie.
Ou plûtôt terminant ma honte & mes malheurs ;
Dieux ! ôtez-moi la vie :
Je ne puis être trop punie
D'avoir aimé l'ingrat qui méprise mes pleurs.

SCENE VI.

PAN, DORIS, PALE'MON, ARCAS.

PAN *sous la figure de Palémon.*

Bergere suspendez vos regrets & vos larmes,
Celui qui reçut votre cœur,
Brûle toûjours pour vous de la plus vive ardeur ;
Laissez les soins & les allarmes,
A ceux qui vous offrent leurs vœux :
Ce n'est point avec tant de charmes,
Que l'on voit mépriser ses feux.

DORIS.

Ciel ! quel est ce prodige ? & par quelle puissance,
Vois-je ici deux Bergers m'offrir les mêmes traits ?

PAN.

Plus amoureux qu'on ne le fut jamais,
De Palémon j'ai pris la ressemblance.

DORIS.

Ce n'est point Palémon qui frappe ici mes yeux !

PAN.

Je suis le Dieu des Bois qu'on révére en ces lieux,
Soûmis à mon pouvoir suprême,

Driades & Sylvains sortez du fond des Bois,
De la beauté que j'aime,
Venez reconnoître les loix.

SCENE DERNIERE.

Troupes de Dryades de Satyres & de Bergers.

COEUR.

SOus votre empire,
Nous nous rengeons tous,
Le Dieu qui pour vous soûpire,
Regne sur nous.

PAN.	DORIS.
Pardonnez au stratagême,	Je pardonne au stratagême;
que vient d'employer mon ardeur,	Que vient d'employer votre ardeur;
C'est le Dieu d'amour lui-même.	C'est le Dieu d'Amour lui-même,
Qui sçut l'inspirer à mon cœur.	Qui me fait chérir mon erreur.

DORIS *à Palémon.*

D'une constance trop pénible
Berger, vous n'avez pû supporter la rigueur,
Un Dieu soûmis & plus sensible,
Par des soins assidus a sçû gagner mon cœur,
Et je consens qu'il joüisse
D'un bien qu'il doit moins à son artifice,
Qu'à l'excès de son ardeur.

PALEMON.

Bergére, partagez la suprême puissance:

D'un Amant glorieux;
Mais n'esperez pas que mes yeux,
Soient les témoins d'un bonheur qui m'offense.
Loin des lieux où l'on vient de ravir votre foi,
Je vais pleurer un bien qui n'étoit dû qu'à moi.

Il sort.

PAN.

Redoublons l'ardeur extrême,
Qui vient d'assûrer mon bonheur,
C'est le Dieu d'amour luimême,
Qui sçut tromper votre rigueur.

DORIS.

Redoublons l'ardeur extrême,
Qui vient d'assûrer mon bonheur;
C'est le Dieu d'amour luimême.
Qui me fait chérir mon erreur.

PAN.

Qu'on applaudisse à ma victoire,
Venez, Bergers, accourez tous:
D'un triomphe si doux,
Vous partagez la gloire.

On danse.

Une Drinde.

Fuyez loin de nous,
Cœurs insensibles,
Nos réduits paisibles,
Sont-ils faits pour vous?
Votre indifference
Nous offense;
Nos ardeurs
Condamnent vos froideurs.
Si l'amour nous fait verser des larmes,
Nos allarmes
Ont des charmes
Pour nos cœurs.

D'un long esclavage
Tôt ou tard il dédommage
On trouve en ses faveurs
Mille douceurs.

Deux Bergéres.

Que les Dieux, que les Rois
Viennent dans nos Bois,
Chercher des Maîtresses sincéres.
Ce n'est que par nos Bergéres,
Qu'un cœur bien enflâmé,
Peut se flatter d'être aimé.

COEUR.

Viens, Amour, dans cette retraite;
Quitte ton arc & ton carquois :
Et ne prend plus qu'une houlette,
Pour ranger nos cœurs sous tes loix.

On danse.

Un Satyre.

Vous qui d'une beaute cruelle,
Eprouvez l'injuste rigueur,
Cherchez quelque ruse nouvelle,
Pour faire approuver votre ardeur.
Qu'importe comment on parvienne
A vaincre une fière beauté,
Pourvû que notre amour obtienne
Le prix de sa fidélité ?

Une Driade.

Il n'est point de cruelle,
Il n'est point de rebelle,
Qu'un Amant fidelle
Ne désarme enfin.
Tel quitte aujourd'hui sa Bergére,
Qui peut être le lendemain,
Verroit son cœur moins sévére,

Payer sa flâme sincère,
D'un heureux destin.

Une Bergére.

Telle fait l'insensible,
Qui gémit en son cœur
D'une fierté pénible,
L'Amour qui connoît son ardeur,
Se rit de sa rigueur :
On la voit fuïr sans cesse
L'objet de sa tendresse ;
Mais son trouble & ses soûpirs
Trahissent ses désirs.

Cœurs de Bergérs & de Bergéres.

Viens Amour dans cette retraite,
Quitte ton arc & ton carquois.
Et ne prend plus qu'une houlette,
Pour ranger nos cœurs sous tes loix.

FIN.

APPROBATION.

J'AI lû par ordre de Monseigneur le Garde des Sceaux, *les Trois Spectacles, Piece nouvelle en trois Actes*, dont j'ai crû que l'Impression seroit agréable au Public. FAIT à Paris le 28 Juillet 1729. *Signé*, GALLYOT.

PRIVILEGE DU ROY.

LOUIS, par la grace de Dieu, Roi de France & de Navarre : A nos amés & feaux Conseillers les Gens tenans nos Cours de Parlemens, Maîtres des Requêtes ordinaires de nôtre Hôtel, Grand Conseil, Prevôt de Paris, Baillifs, Sénéchaux, leurs Lieutenans Civils & autres nos Justiciers qu'il appartiendra, SALUT. Nôtre bien amé JEAN FRANÇOIS TABARIE, Libraire à Paris, Nous ayant fait supplier de lui accorder nos Lettres de Permission pour l'impression *des Trois Spectacles, Piece nouvelle, en trois Actes, par le Sieur du Mas d'Aygrebere*, offrant pour cet effet de le faire imprimer en bon Papier & beaux Caracteres suivant la feüille imprimée, & attachée pour modele sous le contre-scel des Presentes. Nous lui avons permis & permettons par ces Presentes, de faire imprimer ledit Livre ci-dessus specifié en un ou plusieurs Volumes, conjointement ou separément, & autant de fois que bon lui semblera, de le vendre, faire vendre & débiter par tout notre Royaume, pendant le tems de trois années consecutives, à compter du jour de la datte desdites Presentes. Faisons défenses à tous Libraires, Imprimeurs & autres Personnes, de quelque qualité & condition qu'elles soient, d'en introduire d'impression étrangere dans aucun lieu de nôtre obéïssance ; à la charge que ces Presentes seront enregistrées tout au long sur le Registre de la Communauté des Libraires & Imprimeurs de Paris, dans trois mois de la datte d'icelles ; que l'impression de ce Livre sera faite dans nôtre Royaume & non ailleurs, & que l'Impetrant se conformera en tout aux Reglemens de la Librairie, & notamment à celui du dix Avril 1725. & qu'avant que de l'exposer en vente, le Manuscrit ou Imprimé qui aura servi de copie à l'impression dudit Livre, sera remis au même état où l'Approbation y aura été donnée, ès mains de nôtre tres-cher & feal Chevalier Garde des Sceaux de France, le Sieur Chauvelin ; & qu'il en sera ensuite remis deux Exemplaires dans nôtre Bibliotheque Publique, un dans celle de nôtre Château du Louvre, & un dans celle de nôtre tres cher & feal Chevalier Garde des Sceaux de France, le Sieur Chauvelin ; le tout à peine de nullité des Presentes ; Du contenu desquelles vous mandons & enjoignons de faire joüir l'Exposant ou ses avans causes, pleinement & paisiblement, sans souffrir qu'il leur soit fait aucun trouble ou empéchement. Voulons qu'à la Copie desdites Presentes, qui sera imprimée tout au long au commencement ou à la fin dudit Livre, foi soit ajoûtée comme à l'Original. Commandons au premier nôtre Huissier ou Sergent, de faire pour l'execution d'icelles, tous Actes requis & necessaires, sans demander autre permission ; & nonobstant clameur de Haro, Charte Normande, & Lettres à ce contraires : CAR tel est nôtre plaisir. DONNE' a Paris le onziéme jour du mois d'Aoust, l'an de grace mil sept cens vingt-neuf. Et de nôtre Regne le quatorziéme. Par le Roy en son Conseil. *Signé*, DE SAINT HILAIRE.

Registré sur le Registre VII. de la Chambre Royale des Libraires & Imprimeurs de Paris, N° 409. F° 352. conformément aux anciens Reglemens, confirmés par celui du 28 Fevrier 1723. A Paris le 17 Aoust 1729.

Signé, P. A. LE MERCIER, *Syndic*.

A PARIS, de l'Imprimerie de P. PRAULT.

www.ingramcontent.com/pod-product-compliance
Ingram Content Group UK Ltd.
Pitfield, Milton Keynes, MK11 3LW, UK
UKHW020204200726
13856UKWH00003B/1190